곡면의 힘

곡면의 힘

서동욱 시집

민음의 시 223

민음사

자기에게 배달된 택배가 아닌데도
시는 세계의 포장지를 북 뜯는다

서농욱

차례

보온

별자리들이 통과하도록
네덜란드의 겨울이
황도(黃道)의 입구를 열었다
쇄빙선들의 머리가 보이면

모든 것은 보온의 문제
몸 안의 강물이 더운 김을 띄우는 사람은
한 사람의 귀가를 기다리며 덥혀 놓은
저녁의 우유병

너를 끌어안았던 밤은
얼음 덮인 강물도 따스한 젖을 감춘
매끄러운 보온병이라
눈발이 입김처럼 지나갔다

멀리서 그립고
기억이 식어 버리는 날
톱니들이 멈춘다
얼어서 떨어지는 구름을 맞아 봤는가?
이렇게 된 걸 원하지는 않았다

겨울

방은 먼지로 가득합니다
당신은 오겠습니까?
꽁꽁 언 가지들이 누구의 도움도 없이
자기 아집 때문에 부러지는 동안
백열전구는 먼지를 감시하고
당신은 오겠습니까?
겨울은 먼지로 지은 벽
겨울은, 당신이 오지 않을 테지만
오겠냐고 묻는 일
마음에도 없지만
권유를 선점하는 일이 중요하다
사소한 싸움이 전부임을 깨닫는 일
아집은 굳혀서 얼음처럼 완성시켜야지
봄이 와서 녹기를 기다리는 건 태만이야
라고 블로그에 띄우는 여고생 같이
굳은 치즈 같이 겨울은 겨울
우리는 아무것도 하지 않고
말라 가는 치즈처럼 짜디짠 먼지
환기란 건 더더욱 있을 수 없는 일이야

싫는 달걀처럼 완성 중인 정신이 깨져 나가잖아
몸을 오리털로 싸맨 채
슈퍼에 가는 잠깐 동안의 휴전 말고는
뜨거워진 먼지의 한중간에 있습니다
잘 보관한 보이 차처럼 겨울은
먼지 한 덩이로 굳어지고 있습니다

감전

옷장 안에 전기를 잘 가두었다
버려진 스웨터 속에서 잠을 자던
영혼의 마지막 조각 같은 정전기
생과
생을 통과하는 감전
나는 마흔을 슬프게 보낸 것 같고
너는 저녁이 와도 불을 켜지 않았으며
아마도 대흥역의 똑같은 개찰구를
언젠가 통과했겠지
세월을 인내할 줄 아는 것은
옷장이 아니며 냉장고다
저토록 엄격한 보호자를 보라
개찰구의 센서들만이 인과율을 복원할 수 있을 것이다
왜 한 사람이 우는 물처럼 지나갔고 왜
한 사람이 오지 않는지
그러나 금방 치워지는 식당 밥상처럼
새 밤이 오고 새날이 온다
어느 날 마른 발걸음은 기억을 잃어버리고서
역에서 내린다

낙, 탁 정전기 하나가 별을 궤도 밖으로 던질 때마다
깜짝 놀라서
낯익은 난간을 꽉 쥐어 본다

감기

얼굴 밑의 호스들마다 무거운 액체가 차고
눈은 어디로 갔는가
안에서 올려다보면 천창(天窓) 같은 안구의 내부
불량 배수관으로
오물이 밀려든다

천창에 그린 하늘에서 무서운 소리가 나요
너무 차가워 총알 맞은 자리처럼
금이 가는 것이죠
누워서 창문으로 이런 문자를 보기도 하기 때문인가?
참견 말고 그냥 잘 지내는 줄 알아요

이렇게 마지막 줄을 생각하며
잠이 들었다
깨고 또 문자를 받고
잠이 들었다
그러니까 감기의 구운몽

한 번의 죽음에서 다른 망각으로 옮겨 가고

여러 생을 맛보고 모든 약은 쓰다는 것을 안 다음 깨어나
억지로 화이투벤을 삼킨다

그래서 몇 번째인가의 생에서
죽어서 수면 위에 누워 있는 붕어들은
집어 가라고 유혹하는 아름다운 동전 지갑
감기약을 어항에 떨어트린 것이다
참호 속에 던져 넣은 수류탄처럼
화이투벤을 몸 안에 투척했을 때는
몸을 핵겨울이 지나가는 하천으로 만든 뒤
새로운 인류와 더불어, 새로운 시작을 하자는 것
이게 구운몽의 교훈이다

참견 말고 그냥 잘 지내는 줄 알아요
붕어는 수채에 버리면 안 되는데 염려하는 와중에
깨진 천창으로 오물이 범람해 붕어는 다 사라지고
다 녹지 못한 안구는
콧등에 끼어 있다

곡면의 힘
— 레인스뷔르흐의 철도

곡면의 힘에 대해 점잖지 못한 생각을 한 적이 있어요
취기가 오른 안경점 주인은 말했다 엉덩이 말이에요 이
혼했을 때나 지금도 생각은 그런데,
곡면을 통해 빛을 휘어지게 만드는 게 직업이지만
중력과 대결하는 살덩어리의 노력이야말로
곡면의 힘

신체의 형태를 유지하기 위해선 어떤 힘이 필요한가?
신체를 수제비 그릇에서 구원하는 밧줄
그러므로 곡면은 시간의 예술이다
모든 것이 스웨터의 실처럼 풀려나가기 직전까지만 인생
이다
그리고 기차는 네덜란드의 들판을 미끄러졌다

17세기 이 고장에 숨어든 스피노자의 기하학이
곡면에 던져진 기차의 탈선을 막았고 소들과 운하를 지
켰고
반원을 그리며 부드럽게 고개를 숙이는 손잡이처럼
우리를 겸손하게 만들었다

그러나 사형선고로 마감되는 법원 놀이를 좋아하는 성
직자가 등장한다면?
사형선고는 종교의 기원이니
삶을 신성하게 하기 위해 늘 반복하라고 가르친다면?
십자가를 원형으로 구부려 곡면으로 된 형틀도 기념할
수 있다고 한다면? 아아
어느 날 눈이 덮이며 원한이 도래한다

인형의 관절보다 정직한 것은 없다
윷놀이처럼 속임수가 통하지 않는 것은 없다
그때 기차의 운행이란
윷가락처럼 하늘 높이 올라갔다가 환호하는 가족들을
위해
설날의 부드러운 담요에 좋은 패를 만드는 것
눈이 덮인다 말은 뚜벅뚜벅 움직인다
얼굴들은 제 영혼을 미처 덮지 못하고 과자 포장지처럼
좌석들 아래로 흩어졌고
현장에 도착한 수학자는 화를 내며 무리한 곡면을 계산
했다

방금 전까지 인간의 역사가 존재하지 않던 들판이

오래된 폐허로 변했으며

한 세계가 불타는 동안에도 나는 휴대폰의 메모들은 지워야 한다고 생각했다

가령, 곡면의 힘은

소파의 아름다움 같은 것이었어, 라고 임시 저장해 놓은 문자

그리고

가령 가령

실없는 안경점 주인 말이야 술 한잔하는데 웬 수다가 그리 많은지

엉덩이 말이에요 하하, 미친 녀석

그러나 그는 레인스뷔르흐가 간직한 정직한 곡면의 철학자였고

나는 실없이 너의 엉덩이를 생각하고 있었다

너는 소파의 아름다움 같은 것

네 옆에 와서 누운 밤, 여러 번 사형선고를 받았기에

내 영혼이 있던 자리는 에프킬러로 박멸한 쓰레기통처럼

깨끗한 빈 방

　그래서 수색대가 탐내지 않는 장엄한 고기만이

　네 몸 곁에 꼭 붙어 있있이 이마 엉덩이 옆에?

　괄약근 옆 입술 계속 인간을 초대하고 질문을 던지며
무한히 열리는 문들

　쓰레기 하치장! 누군가 증오를 견디지 못하고 이렇게 악
을 쓸 것이고

　음탕한 철학자의 손이 따라간 곡면에 화가 난 사람들이
표백제를 끼얹을 때

　우리 몸은 눈 덮인 들판에 버린 옷처럼 매장될 거야

미인

그렇지 않고야 미인일까
— 김수영

미인은 조교이므로
그림을 들고 서 있어야 한다

이젤들이 빙글빙글

이론이 없으므로
수업은 더디게 더디게 전진하지

이론이 없으므로
사물들로부터 말이 탄생해야 하는 문제
오 이젤들은 뭘 하면 좋을까?
공깃돌처럼 절멸한 채 떨어지는
소년들의 숨결

숲 밖으로 바람이 나가야 하는데
후드득
석재로 된 밤나무들이 또 한 걸음 전진하지
미인은 자기 삶을 그냥

돌을 숲으로 만드는 담쟁이처럼 놓아두니

빙글빙글
편해서 좋겠다

맥주잔 속의 겨울 마을

붓기만 하면
즉석에서 제조되는 스노우볼
눈보라 너머로
막 시간을 거슬러 오르며 생겨나는
교회 하나
인형처럼 멈추어 선 연인들
강아지 한 마리
그러니까, 스노우볼이란
전형적인 연애로군
너무 전형을 두려워하는 것도 전형이야

그래서 계속
펑 펑 눈처럼 기억이 내리고
다 덮어 버려 아예 하루의 바깥으로 사라진 저녁
너는 입을 크게 열고 뭔가 거대한 것을 만드는 것 같았
지만
지구가 방음벽 사이로 들어갈 때
소리는 표백제 속에서 깨끗해져 버렸다
글러브를 낀 주먹처럼

대기의 두터운 담요에 말아 잠을 재운 종(鍾)들
그러나 허기가
모든 중요한 일을 방해했다
어떻게 하지?
이윽고 아무것도 보이지 않게 되었을 때
네가 어느새 매우 안전한 곳으로 갔다고 생각하며
사라지고 있는 가드레일을 따라 졸음을 쫓으며 걸어갔다

스노우볼
겨울로 돌아가
길이 있던 자리를 떠올리며
실종자를 찾는 사람들
글라스 한 겹 너머에서
속도와 온도가 마구 뒤섞이는
물로 된 별
한 모금씩 줄어들어
젖은 눈처럼 바닥에 깔리고 마는

그리고 인생이 지나가도록 놔둬야겠다

벤야민은 불쌍하며 칸트는 기특하고
데리다는 잰 체하며 헤겔은 신경질 난다
가을엔 뭘 기르지?
강아지들의 성격 내 애인의 철학적 펫들

테라스에 펴 놓은 책들이
이슬에 젖어 이끼처럼 부드러워지는 저녁
물렁물렁한 육체는 귀신 놀이 하는 침대 시트처럼
움직인다 안에는 무엇이 있는지 알 수 없는 걸
구멍에 구멍을 가져다 대고
안에 있는 사람이 죽지 않도록
숨결을 넣어 줄 뿐

누군지 모르지만
누군지 모르지만
도착할 때까지 살아 있어라
인간의 우물들이 지구에 꼭 박혀
천 개의 강물들이 이미
도시로 범람하는 소리를 들려주고,

그러나 속닥거리는 일기예보를 뿌리치고 저
밑에 도착하면
물결들이 내는 라디오 잡음을 손으로 막고서
눈물을 닦아 줄 수 있을지도 몰라

함께 책을 읽고
맥주를 마시고
아이폰의 앨범들을 넘겨 가며
서로의 취향을 비웃었지
흠 이런 사람이었군,
눈가에 손가락을 대며 말했다

그리고 인연 아닌 인연에 대해 생각하며
상점들이 문 닫은
어두운 거리를 운전했다
마음이 쓸쓸했고
인생이 지나가도록 놔둬야겠다

신호등의 운율

당신은 떠나고
날은 신경 쓰는 적 없이 저문다
그럴 수는 없는 일입니까
짧게 분주한 하늘의 속도 뒤에
우리는 모두 항의의 상식을 모르죠
젖은 길이 꾸벅 졸기 시작할 땐
신호등만 번갈아
열심히 일하고

종로에선 어디서 저녁을 먹어야 하는가
비현실적인 세상은 일회용 커피 잔
입술 닿은 가장자리의 무거운 반달이
아래로 막을 수 없이 번진다
맹인이 체념하는 어떤 아침처럼
북반구가 다 젖을 것이다
그럴 수는 없는 일입니까

어떤 다른 인생에 잠깐,
들어와 있다

어쩔 수 없다, 고
신호등의 운율을 거스르며
말했다

탄력

목이 늘어닌 양말은 구두 안에서

밑창을 말끔히 핥고 싶은 걸레처럼 자꾸 밑으로,

그러니까

모든 인간관계 가운데

위인과의 관계가 가장 좋다고 생각합니다

남녀 관계는 원원도 되지만

결국 탄력이 사라지지요

그래도 사이좋은 감자들처럼 때로 무덤엔 같이 들어가요

친구도 심심하고

명강의도 언젠가 늘어지고

위인만이 늘 우리를 감탄케 합니다

팥빙수가 녹으면

수제비처럼 풀어지는 얼음물과 설탕의 탄력

그때 너는 아무것도 용납하지 않겠다고

오래도록 숟가락을 휘저을 뿐이었다

사람들이 고개를 저으며 인용하길, 정책도 탄력이 있어

야지

그렇게 애석하게 기념일이 지나갔고

고등어를 꾹 눌러 보는 것이다

벌게진 눈을 관찰하며 마음을 읽으려고 애쓰느니, 이게

낫다

그리고 눈을 감고

콧노래처럼 최대한 쉽게 이해하면 된다 돈독함이란 고등

어처럼 쉽게

비린내를 풍긴다네 룰루랄라

웃음은 입술의 탄력을 필요로 하고

입술의 탄력은 또 악용되는가?

발가락까지 내려간 양말

목숨은 꼭 죄어야 오래 붙어 있는 법이다

괴롭지만 매력에 대해서도 평생 생각해야 한다

붙잡을 곳도 없고 밟고 있는 걸레가 미끌거려서

이제 넘어지겠어

연필이야기

연필은 연에보다 길나
모텔에서 집어 온 연필들 얘길 해 줄까?
아니, 예의 정도는 차려 보자
여자들이 먼저 사라지는 아침도 있는 법이지

창문 한 번 보고 컴퓨터 한 번 보고
방을 돌아보고, 휴
자력을 잃은 나침반처럼 회전의자는, 휴

실은 이런 얘기가 아니다
연필은 모텔에서 뭔가 많은 일을 하도록 되어 있는 것
같은데
무심하고 견고하며
써 보는 둥 마는 둥
멀쩡하지만
사실 연필이란 처음부터 별 필요가 없다

회전의자는
빙빙

연필을 잡으려던 찰나 책상 모서리에서
뚝

연필은 모텔 메모지에 배달 치킨 전번을 적어 본 적 있다
먼저 나간 여자가 비비안 리풍으로
내일은 내일의 바람이 분다고 써 놓은 적도 있다
글은 딱 여기까지다
책 쓰는 사람은 그 책보다 똑똑한 연필을 힘들게 한다
나는 아들이지만 사장이지요!
모텔에서 나온 남자가 늦게 출근해서
이런 얘기를 면전에서 들어도 마찬가지다
내일은 내일의 바람이 분다
쌩쌩

물 죽음

1
죽은 여자의 효심이란 어떤 것인가
소문을 사랑해야 하고
권고사직을 존중해야 한다

2
그 뒤 우리의 장소에서
혼자 물의 뿌리까지 내려가면서
모래 움직이는 소리를 자세히 들었어요
쌀 씻는 소리였고,
심청이가
바다 밑을 환하게 만들며 흘러가는
삼백 석의 쌀을 보며
익사 직전 찾아오는 짧은 환상 동안
다시 인생을 받아서
용서받기 위해
최선을 다했다는 걸
깨달았습니다

3
아빠는 돌아가셨는데
당신은 왜 아빠처럼 구는 거지?
세상의 모든 남자가 아빠 행세를 하면
우리는 뿌리를 활짝 펼쳐
숨골까지 올라오도록 바닷물을 빨아 먹는 수밖에
그리고 껌은 음식 쓰레기가 아니다
바다가 발효시키는 심청이가 아니라면
우물거리는 바다에서 뱉어 내야 한다

4
귀중한 마음을 제게 주셨습니다
조명이 쿵쿵 떨어지는 플로어처럼
표면의 거품을 뚫고
빛이 물 속에 허약한 기둥을 만드는 동안
따뜻한 마음이 흐르는 바닥을
편견이 수초로 뒤덮었습니다
이제 나의 방입니다

센다이의 수상 대학

센다이의 수상 대학은 강의실이 오백여섯 개
「일몰의 활용 연구」를 비롯한 삼백 개 강의
그리고 무엇보다 존재하지 않는 대학으로 특화돼 있다
지진에서 살아남은 유일한 건물을 가지고 있으며
나는
교문을 나서며
그녀와 마주쳤던 것이다

이십오 년 만인가?
그때 죽었지? 해안가가 사라질 때

너는 경찰에선 내가 자살했다고 말했잖아
그래, 자살한 귀신이 지진으로 죽은 귀신보다
더 잘 돌아온다고 들어서 그랬어
다 널 사랑했기 때문에 그랬어

그래서
너의 말대로 나는 수상 대학에 돌아왔다
강의실이 오백여섯 개

도시가 사라진 뒤 너는 종적을 감췄다
닭갈비 집이 늘어선 어느 도시에서
너는 황혼과 아침에 술주정을 구슬프게 섞는 법을 배웠다
만(灣)이 들어갈 수 없는 내륙이라
수상 대학은 술주정을 들으러 찾아갈 수 없었다

집수리의 소음이 하느님의 동물 쿠키를 다 부스러뜨려
놓은 뒤에도
철새의 진리는 지구를 사용하는 것
한 마리가 건물 유리창이 깨져 반짝이는 바다를 골똘히
내려다보다
황혼이 켜진 거대한 환풍구 속으로 빨려 들어간다

무게

이제 어쩔 수 없다고, 가방을
내려놔 본 적이 있을 것이다
(세월이 가면 뺨이, 게으르면 눈꺼풀이)
사물은 어떤 중력의 별이 되기 위해
계속 노력 중

그래서 겨울 오후에 이런 일이 있었다
교정이 필요한 자세로 서 있는 나무가
상점 하나를 무너뜨리겠다고 그림자를 떨어뜨릴 때
나무는 할 일을 다했으며
오래 병을 앓은 노인같이 가벼워져서
보도블록에 꽂아 둔 빨대처럼, 바람이 쭉 빨면
머리칼을 흔들며 정전기에 응답하듯,

그러니까 무게

해가 중천에서 내려와
지구의 사물들을 당구대의 큐대처럼
옆에서 멋지게 겨냥하는 저녁

막 넘어질 콜라 병처럼 사물들이 미리 흘리는 무게
(형태는 비로소 길다)

이런 순수한 무게도 있다
육삼빌딩에서 십 원짜리를 떨어트리면
원반은 중력의 장풍으로 어떤 이의 척추까지 뚫고 내려
간다
나는 바위에 꽂히는 빗방울도 생각하며
녹슨 난간 위의 젖은 파리는 이제 무거운 비옷처럼 된
비닐 날개로
생의 마지막 길을 공연하며
태연히 인간의 시선 위를 지나간다
스피노자도 비슷하다

마찬가지로 연애는
둘 다 애거나
아니면 하나라도 애여야지, 이렇게
무거워서야
그리고

문자를 보낼 시간이 온 것이다
어떻게 모든 것을 되돌리지?
그냥 딴 일을 하자, 정직하게
딴 연애를 하자
무게 때문에 지금은 안 된다
잠깐 잠든 동안
눈들은 눈꺼풀 아래 떠 있는 부력으로
모든 것을 이겨 보려고, 잠도 안 자는 어떤
당치않은 부력으로
무게 아래서

태양의 위험한 각도
— 키스

오후 다섯 시는
콜라의 빛깔이 아름다울 수도 있습니다
수십 대의 충돌을 만들어 내기 위해
터널의 출구를 수평으로 들여다보는 신(神)도 있다는 걸
아십니까?

다른 경우엔 빛의 찬가일 수도 있는
차량의 대단한 무덤

해부도처럼 환한 피부의 중심에
입술에서 입술, 혈액이 해부도를 따라
콜라의 아름다운 탄산처럼 움직였다
태양의 각도 때문에 색이 너무 진해져
빛이 반숙의 노른자처럼
머릿속과 머리 밖에 가득 흘렀다

대단한 무덤

생각

저녁엔 꽈즈를 먹으며 시간을 보냅니다
이 중국 견과류는
일단 공을 잘 잡아야죠
껍질의 얄상한 쪽 말고 굵은 쪽을 세워서 이빨로 꽉
그러면 생각이 깃들기 시작한다
생각은 정녕 이빨로 하는가?
껍질이 깨질 때
한 사람이 돌아오고
몰래 어떤 오류를 인정하고
지구가 지겹다

생각
영혼의 징표라 여기겠습니까?
지방으로 된 뇌 조직이 회로에 혼란을 일으키면
발생하는 감전 때문에
늘 한 치 앞이 두려워요
생각이란 무엇인가?
고기와 지방과 뼈를 편치 못하게 하는 것
옛날 일을 생각한다 다 지나간 일이다

그러나 생각 때문에 다시 짧은 문자를 보내게 된다

우리 다시 해 볼까?

생각뿐이다 지방은 가민히 있어야 한다

혈액은 빨라져서는 안 되고

통 통

벽에 치는 테니스공처럼

무게와, 탄성과, 버릇과, 규칙을, 그러니까 고유성을 지녀
야 한다

이 멋진 체조를, 생각이 다 망친다

그러고 보면 문자는 정녕 생각이다

(문자를 발명한 중국인들은 늘 필체에 탄복했다

필체는 체조를 더 못 하는 앉은뱅이의 근육이 한순간

배터리 때문에 쭉 당겨지고,

마침내 글을 쓴 이에게 죽음을 선사하는

생각이다 핸드폰을 누를 때도 중국의 명필처럼, 생각으
로 지쳐

눈을 감는다)

퉤 퉤
꽈즈는 열매를 먹는 것보다
껍질을 뱉는 품새가 중요하다
상스럽고
더럽고
한마디로 비호감으로
필터 없이 담배를 말아 필 때처럼, 퉤
그러면 껍질이 바로 생각인가?
열매껍질이라기보다는
다 뽑지 못한 뿌리 같아 보였는데

눈의 적응

몸의 물탱크 수면의 비치볼, 탱크 안에 묶어 놓은 줄들은 이석(耳石)이 뽑혀 다 풀려 버리기도 한다 그럴 때 비치볼은 물속에 난 빠른 길을 뱅글뱅글 돌며 내려가 몸이 자그마한 사람도 탱크의 깊이는 천 길이 넘어서, 안간힘을 써떠오르면 수면은 세게 흔들리고 어 어, 하며 비치볼은 물탱크 중심 좌표를 한순간 잡았다 놓치지 아이들이 처음 지구에 와서 걸을 때도 어지럼증 때문에 어렵다 그럼 지구를 기억하는 일은? 태양은 비치볼 없이는 몸 안으로 들어와 수면을 핥지 못한다 공의 내면을 지나가며 망가진 황도(黃道)의 궤도가 물속에 곧 사라지는 그림자를 만들고 물도 그 그림자의 기억을 자기 안에 갖고 가며 그러다 그리움과 좋아하는 무늬 또는 사람의 형상도 알게 된다 수면 위의 찌처럼 까딱거리는 비치볼이 아니었다면 물은 마음이 아니다

빛의 무덤

청평호로 거대한 빛기둥들이 떨어진다
그 많던 핸드폰과 재난의 날들은 어디 갔을까
하늘의 신전은 다 무너지고

(네가 없어지면
수분 없는 실내에서
남은 과자가 크게 울리며 바스락)

바람은 치마를 짓는 장인처럼
물을 한 번 구겼다 쫙 당기고
(크게 울리며 바스락)
호수의 동공은
캄캄해진 핸드폰처럼
내내 비어 있다

(네가 없어지면
시력 잃은 저 호수도
저 호수도
시선의 수분도)

조용조용 과자처럼 굳어지는 하얀 물

동공은 차곡차곡 못쓰게 된 기둥들로 가득 차

무덤처럼 꾸민 재떨이 같고

빛도 다 부스러져 바스락

네가 없이 오후는

새로운 시작

모든 것을 잃었다는
판정 속에서
(그러니 우는 시계도 세상에서
자신의 흔치 않은 직업을 잃고)
부팅을 하면

아는가? 윈도우의 흰 글씨
새로운 시작

난 뭘 몰라, 라고 말하는
천진한 파란 화면 속에 새로운 시작

그를 되돌릴 순 없다
잠을 자야지
그러면 지구는 시침을 위해 놓아둔 철로를 따라
그가 떠난 반대 길로 한 바퀴 딸칵,
우주의 자물쇠를 열며

새로운 시작

이런 위로가 있는 줄 몰랐다
속아서 윈도우를 나쁘게만 알았다
아침에 배달되는 신선한 액체
또는 또는 또는 아아
막연히 좋은 것!
(체조하는 동안 시계를 대신한 새들의 길고
짧은 째깍 소리 새들은 힘이다
시계는 의심이고 하루는 아침 운동 뒤에 남는 긴 슬럼프)

절망의 느낌이 몸을
오래 마른 코르크처럼 두 동강이 낸다
과오는 부스러기를 치워 내도 늘 꽃병 주위에 남아 있고
원인에 따른 결과는 조절할 수 없다
그러니 과오는 굉장히 광학적인 것
렌즈처럼 정직한 것
(그리고 렌즈는 에어버블처럼 배가 불룩
돼지가 되도록 실은 아무 일도 안한다)

새로운 시작, 을

마침내 제안한다
유혹도 굴복도 타협도
야바위도 아닌, 라식 수술 같은
새로운 시작
복면 쓰고 어느 골목에서 깜짝이야,
나타나야 하는
(이제 들려요
전화기가 꺼진 사이 당신이 뭘 얘기했는지)

모기

모기는 사냥용 손도끼의
궤도를 그리며 회전하지만
사실 준비는 간단치 않다
일단 날개 밑의 조그만 탱크 안에서 돼지와 소와
두발짐승의 액체를 칵테일해야 하니까
모기는 밥 한번 먹다가
박수를 짝, 받으며 폭죽이 된다
순간 종(種)들 각각의 물감은 컬러 티브이처럼
완벽히 조화한다
순대를 터트려 나무를 색칠하는 철쭉제
예술에는 잡음처럼 육식이 있다

영하(零下)

가죽을 위해선 삼 종의 크림이 필요합니다

페이스 바디 풋

얼어붙은 한강을 보며

비로소 피부는 죽임을 당할 수도 있다는 공포에 빠집니다

영혼은 그저

대기가 건조해지면 증발하는 것

알코올입니까?

육체는 알코올에 젖어서 부드럽습니까?

우린 결국 마른 수건처럼 그 자리에 멈출 거예요

페이스 바디 풋 차례로

바스락,

공정한 마음은 이런 화학적 필연성

동작(動作)을 공예하는 명인처럼

너는 정면을 응시하고 곧장 내 옆을 지나갔지

공정한 마음은 영하처럼 단순하고 무자비하고 과학적인 것

나는 그런 진노를 여태껏 본 적이 없습니다

온도계 끝의 붉은 물은

죽은 동물의 피처럼 차가워지며,

발톱을 새워 강물을 비켜선 아파트들이 얼어붙습니다
계단들은 발자국 없이도
하늘에 설린 실로폰처럼 울기 시작하는군요
이런 현상은 신기하고 때로 즐거워
강변을 따라 서 있는 웨하스들이
밤새 바스락거리고 있으니
모든 건 수분의 문제입니다
아무리 거대해도 하는 수 없습니다
보잘것없는 여자애들은 애인이 되면 강력해지고
생활의 바닥에서부터 시작되는 바스락 소리
강력하다는 건 벽 속의 균열처럼 참을성이 많다는 것
손도 안 대고 내면부터 가루로 만들 수 있는 힘
그냥
강 전체가 소리입니다

한때 여기 소나기 뒤에 고요가 있던 것을 기억하는가?
　피부가 빈 지갑처럼 되면 서로의 빈 공명통 속으로 들어
갔지
　투명인간 속에 투명인간이 들어가 몇 겹으로 투명해지

는 것처럼,
  그래서 햇빛이 너에게서 나에게로 이동할 땐
  유리를 통과할 때의 마찰음조차 없어서 음악 소리는 그
저 경이로운 침묵

  그러나 영하엔 공정한 마음이 우주에 가득해
  바스락,
  과자 소리가 이렇게 무서웠던 적은 없습니다

삶이 기록되는 방식

머리카락이 지배하는 집은
어떤 사람들이 사는가
햇빛이, 이서 봐라 하고
머리카락과 뭉친 먼지의 반사광을 보여 줄 때
증명을 중시하는 사람들은
그게 최대의 문제인 줄 안다

성인도 어린이도 뭔가 가지고 있다
그게 무얼까 그게 정말 있는 걸까
의심하고 싶어 죽겠지만

머리카락은 질문을 받지 않으며
그냥, 조상의 유령처럼 집을 차지하고서
저 혼자 차근차근 영원성을 준비한다

이별의 복기

1

잃어버린 동전처럼
구석을 점유하고 있으면 안 된다
줄 서 있는 식판들처럼 게 껍질 부딪치는 소리를 내며
어디론가 이동해야지
자신을 망가진 피규어처럼 애지중지해 보자
가령 볼펜의 스프링 같은 귀중한 부속은 우리에겐 감기약
추워서 훌쩍거리는 건 아녜요 그래도
망가진 피규어를 겨우 지탱하는 이쑤시개 또는
감기약, 우리는 쏟아지는 새우깡처럼
저녁의 바람 속에 있고
스프링이 사라져 해는 매달아 놓은 껌만 지익 늘어나
결국 미지근한 강가에 떨어져 익는 게 한 마리
이런 저녁엔 동전을 움직여 볼 힘이 없습니다

2

아주 무례한 연극을 익혔구나
자신을 너무 대단히 여기다 보면
고층 건물의 반사광처럼 불행해져

계속 눈감은 지붕들 위에서 발목이 잘린 채로 춤추게
될 거야
우리는 겨울엔 겨울답게
여름엔 여름답게 말했다
그렇게 해선 안 되었다
수없이 말을 골라도 꽉 잠긴 물감의 마개처럼
인간은 대단한 말을 할 수 없는 법이다
차라리 모음을 잊어버리고
식욕이 노래하게끔 하라
쏴아 빚은 황혼
정신의 불은 검은 구멍
준법은 맥주
그리고 쾌액
온도를 잃어서 돼지의 목도 오리의 성대처럼
길어질 때까지

3
에고라는 것은 치석 같은 것이며
너는 입술에 물었던 바람

그러니 상실에 대한 몽상 없이는 너는 관념조차 없는 것
바람은 혼령들의 사기극이니
사라짐을 계속 눈여겨보고 있는
정신의 불을 꺼트리지 않도록 마음을 다하여야 한다
눈꺼풀의 캄캄한 뒷면에는
천사들이 뒤통수에 매달고 다니는 휴대용 풍향계처럼
가느다란 원이 뱅글뱅글 돌고 있으니

4
의사는 너무 딱딱해져 치석을 제거할 수 없다고 했다
쓸데없는 것은 어느 날 꼭 되돌아와
핸드폰의 오래된 문자 함에 적혀 있다
아 그래서 이렇게 될 수밖에 없었구나, 하고
어느 저녁이 못쓰게 된 전구 안으로
출렁거리며 입장할 것이다

채석장

소원은 이루어지지 후후
그러나 곧
남자들은 아내를 여자2라 부르고
여자들은 남편을 룸메라 부른다
오기가 먹이를 이기는 순간
신상(神像)은 절명하며 다시 채석장에 버려지네
후후 좋은 것 주우셨네요
그건 날개를 고정시켰던 철사예요

비 오는 성탄절

성탄절은 이브보다 못하고
오후는 야식을 들고 탄식하는 한밤보다 못하군
하물며 비 오는 성탄절은,
툭 툭
빙수의 더러운 한 숟가락처럼
하늘이 녹는다
수난의 저울에 달아 보고 사인펜으로 표시한 탄생이
더 이상 없었으면 좋겠다
그렇게 텔레비를 보는 동안
아이들이 아이들이
어디로 달아났나?
생각을 잊어버리고 텔레비를 켜 놓은 채 어느새
따뜻하다, 고 믿어 버렸다
성룡의 코믹 액션이 절정을 이루는 순간
다시 깨어난다
다시 호두까기인형
잠깐은 청정원의 된장, 크리스마스의 뉴욕이었지
(그해 겨울 센트럴 파크에서 스케이트를 빌렸어
아이들이 다치는 동안 라이터를 어딘가 떨어뜨렸던 말이야)

아이들이 아이들이

수난의 저울 위에서 탄생을 맞고

휴일엔 학습지를 펴고

(대낮에 경야(經夜)하는 우리가

심심해 죽기 직전엔

라이터 위에서 작은 크리스마스트리가 춤추고)

결혼 적령기를 놓치지 않기 위해선

어려서부터 너무 열심히 공부해선 안 된다

그러나 공부하면 돈도 생긴다, 고 믿는다

엄마는 어느 방에 있니?

툭 툭

하늘이 녹아서 더러워진 걸 알아채자

그 진창을

나무들이 꼬챙이로 쿡 쿡

찔러 본다

브람 스토커의 손님이 말하는 육아기
— 또는 백작의 안간힘을 쓰는 겨울

오후는 무덤
저녁은
관 뚜껑을 밀고 일어난다
어린이의 썰매를
정구공처럼 커다래지는 핑퐁들 속에서 밀었지
화단에서 대문까지
중노동을 하고
옷이 다 더러워진 것이다
탁해진 림프액에 조직들이 젖어 잠이,
적혈구가 아마 없어,
정신없이 쏟아진다
말이 되는가?
밤은 백작이 일할 시간인데,
하지 말라고 해도 매일
관 뚜껑에 빨래를 내다 거는
룸메이트는 어디 숨었는가?
마침내 어린이는 스티커 북을 들고 사라지고,
굉장히 춥군
잠이 림프액을 온도계의 수은처럼 마비시켜

병균이 액체에 제대로 실린 것 같군
아침은 용접공이 어쩔 수 없이
밤새 기침으로 깨진 것들에 손대는 일
그래서 가지 끝에 불꽃을 매달아
하늘의 눈부신 알루미늄을
쏴
시끄럽게 이어 붙이는 중인데
탕 탕
밥 먹고 나온 어린 손이
벌써 뚜껑을 친다

편의점의 정신

편의점은 너를 위해 환한 것이다
명절날의 버려진 고아들도
따뜻한 컵라면을 손에 들 수 있다

그리고 찻잔이라 상상해 본 라면 컵을
마임의 소품처럼 공중에서 우아하게 움직이고 나서
청년은 알바생의 출근에 맞추어
정성껏 준비한 1막을 올릴 참이다

그러나 아는가? 편의점마다 있는 수호신

컵라면을 먹고 나간 이의 죽음을
수호신이 막지는 못한다
그러나 약한 신은 영혼이 흩어지지 않도록
눈덩이처럼 잘 뭉쳐서 급한 대로 빈 박스에 보관한다
명절이 지나 출근한
알바생은 자신을 사랑한 청년의 영혼이 담긴 박스를
수거 회사 직원에게 건네고
그다음 청년의 영혼이 사라진다

깨끗한 세척 아니면 지구를 누구의 집으로 제공할 수
있을까?

청년의 고지서들이 그가 한때 삶을 가졌던 이라는 것을
누군가의 찌푸린 눈앞에서 증명할 가능성도 있지만, 풋
그래서 뭐?

급히 따뜻한 밀크 티를 마시고
목장갑을 벗고
일터에서 일터로 가기 위해 편의점의 문을 밀며 알바생은
잘 뭉쳐진 야구공 같은 커다란 붓 자국이
지저분한 거리에 심술부리듯 찍히는 것을 본다
그러고 보니 첫눈인가
컵라면을 먹으러 오던 청년의 짓이겠지? 후후

편의점은
우울증을 치료하는 극장처럼
알바생의 그림자 곁으로 보도를 환하게 하고
행복해진 마음은 이벤트의 종막을 기다려 본다

후후, 편의점의 수호신은 점잖아서
인간을 손으로 때리지는 않지만
사람들이 자기 능력 밖의 일을 원하는 것이
너무 싫다

공정한 마음
— 하느님

함부로 죽이는 건 아니에요 먼저 규칙을 상기시킵니다
어린 동물은 예외인가요? 인간들은 그런 걸 논의하기도 하
나 봅니다마는, 신에겐 늙은이란 없고 가꾸는 생명은 죄다 휘
어진 나무처럼 사는 걸 좋아합니다 렌즈는 광학적 요술이
고 태어날 때부터 생명은 빛이 휘어지는 홍채를 가지고 있
군요? 그래서 모든 건 바르게 보이며 공정함보다 더 따스한
편견은 없지요 휘어진 빛 속에서 당신, 그냥 새 인생을 선
물 받기엔 약간 딱한 당신이 어떤 이상한 의견을 신뢰 속
에 내놓습니다 모나폴리 게임을 딱 한 번 더 합시다……
후후 함부로 죽이는 건 아니에요 피도 안 보여 줄 수 있어
요 나는 죄 없는 세계의 하느님도 될 수 있지만 내일은 휴
일에 전념할 것이고 월요일엔 눈처럼 쌓인 고발장을 치워
야 하고, 모래와 유조선과 태양만 남은 세계도 될 수 있지
만, 여섯 시에 마음은 켜지고 여섯 시에 마음은 꺼지고, 지
폐를 모아 세운 주택들처럼 무덤들도 세울 수 있고

선물의 하루

애인은 까탈 부리지 않고
가출한 아이는 제 발로 돌아왔으며
공휴일이 일요일을 범하지 않을 때
술집의 상석마저 비어 있다

선물의 하루

그림자는 나무 곁에 아늑한 방 한 칸을 만들어 주었다가
저물녘 집을 허문다
그러니 근원 가까이 머물 수 없고
그냥 선물의 하루가 있다

납작하고 동그란 형태 안에 쇳물을 부으면
주화 하나가 푸 하고 숨을 쉬며
영원성을 시작한다
단단함을 변호하려면
평생을 바쳐야 한다

그것보다 진주햄이 좋다

무서운 말 진주햄

같은 고기 속에서 엿보고 있는 진주 하나와

눈이 마주칠 때

너는 어떤 동물이었고

너의 선물의 하루는 무엇이었나

출렁거리는 진주의 눈이

해변에 하루의 파도가 쌓아 올린

물고기와 쓰레기를 보여 준다

생활

1
저금은 습관의 문제입니다
도박은 도파민의 문제이고
자선은 기분의 문제입니다

네, 네, 네네네!

계속할까요?

2
그녀는 어렵게 살았다고 했다
어렵게 살면 물건을 억울하게 넘기게 돼 나빴어 아주
그러나 돈은 눈 코 입이 없어서 자기 태어난 대로 할 뿐
인데
돈이 무슨 역병이라도 된다고! 내가 무슨 죄야 부모가
죄지!
그러나 인간들은 뭔가 잘해야 한다고 믿습니다
마음이 아픕니다

3

계속할까요?

쉽게 일이 풀렸어요

애인은 달마다 오백만 원을 주었지만, 치과 의사는 천만
원을 준다고 했어요

자영업이 최고인 듯하지만, 주식이 잘되면 그만한 게 없고

현금이 안 들어오면 의사라도 옴짝달싹 못하고

페스탈로치처럼 여자애들을 잘 돌보는 늙은이들

월급쟁이들은 뭐하러 사는지 몰라요

아 물론 건물 가진 사람도 만나 봤지요

4

자선은 도파민의 문제이고

저금은 저금의 문제일 뿐입니다

생활은 정직합니다 저금은 도박의 문제이고

경찰들이 한강에 떠오른 시체를 보여 줬어요

어제 하루만 부재중 전화가 서른 건 넘었는데

오늘 그는 남미(南美)로 가야 했고
남미는 지독히 어려운 끝판 왕

가족들 가족들 나에게도 꿈이 있다고 믿은
미치게 어리숙한 나 자신들
그러지 않았다면
시간은 낭비하지 않았을 걸

5

내 얘기 하나만 할게요
재처럼 어두운 계단으로 내려가
독한 술로 마음을 달랩니다

네, 네, 네네네!

구령이 아침을 엽니다

별 사탕

별 사탕은 여사의 이름이고

턱 근처의 상처이기도 하다

건빵을 다 먹고 목을 매달 때

주머니에서 비닐봉지는 부스럭거린다

구깃구깃한 우주 속에서 미지근해진 성운

당분은 축복이다

이 유해한 성좌가 겨우 보호하는 생명도 있다

지붕들이 다 사라진 뒤

하늘로 오르는 골목길을 기억한다

머리를 나풀거리며 뛰어간다

목을 매달 때

혀로도 눈물을 흘려 본 적 있는가

어느 군부대에서 올려다보든

별 사탕

여자의 머리 위에

이름 부르듯 가득했던

지구의 조명
— 천문학자의 메모와 그 밖의 이야기들

지구의 조명은 당구대 끝에서 실눈을 뜨고
천체들을 겹쳐서 바라본다

딱 계산이 맞아야 할 텐데
큐대를 잡은 신동(神童)은 망설인다

별의 표면 위에 그림자 위에
그림자

그의 성(姓)은 코퍼(구리)에서 온 것이다
코페르니쿠스는
일리아스의 무구(武具)가 덜컹거리는 소리를 간직한 금속

당구공들이 부력을 유지하는 바다는
변덕스럽게 물이 넘쳐 나는 때가 있어
구리의 표면을 쓰다듬고 또 쓰다듬어 결국 못쓰게 만
들고
지구를 조명하기 원하는 천체들은
조명 위에 조명을 또 쏴 모든 것을 어둡게 한다

빛은 두텁고
누빈 이불처럼 얼마나 무거운가!

그렇게 어두워져

김나지움의 지붕 위에 누운 채
하이젠베르크는 별들을 불러
티마이오스의 한 장면을 연출했다
그리고 다음 세대에는
가난하기도 하고 괴서 맥주에 취하기도 한 애덤스가
인스부르크의 들판에 누워
갤럭시 히치하이커를 위한
낡은 여행 책자의 곤혹스러운 오류들을 확인하고 있었다
1971년 휴가였다

결국 지구에선 아무도 집으로 가지 못한다
예산 때문에 가로등이 갑자기 사라지는 위성도시들이
있지 않은가?
거기서 모래를 실은 트럭은

연인들이 모텔 삼아 주차시킨 페라리를 한순간 쭈그러뜨
리고 만다
아무것도 안 보이니까
그러면 어두운 도로 끝이
오늘 첨 가명으로 통성명한 암수 영혼과 함께
하늘로 올라가고
그림자 위에 그림자 위에
그림자의 행성들

지구는 전구(電球) 자체의 그림자가 떨어져 조명이 늘 방
해받고
아무것도 제대로 촬영할 수 없지
세계의 회전에 대해서,
니콜라우스 이거 참
이런 원고는 이거 참

조명 장치가 잘 안 돼 있는 별들이 있다네
읽을 수 없으니 일단 가지고 가게……

물의 증인

피부가 잠수복이 아니라면
몸은 깻묵처럼 퍼저 나갈 것이다
정치가여 고무공을 꼭 잠가 놓으라고 말해 봐라

그러나 장래의 모든 세대는
바닷가에서 시험관에 조심스럽게 물을 담을 것이다
바다는 고백을 않고는 버티지 못한다
바다의 성분
바다의 성분

거대한 종처럼 날마다 우는 바다여
에밀레, 하며 파도가 바다의 가죽을 벗기고
또 벗길 것이다

손님

적절하지 않은 때 죽을 운명을 가졌던 망자들이 자신들
의 몫을 받을 때 속은 것을 알고는 다시 삶으로 돌아오
기를 엿보고 있다.

—W. G. 제발트

큰비가 오는 저녁에 깜박 잊고 문을 열어 두었던 모양입니다 물속에서 걸어 나온 그는 얼굴의 윤곽을 알아볼 수 없었고 얼음 속에 든 불처럼 어두웠습니다 말을 웅얼거렸고 앞뒤가 맞지 않았습니다 어린 아이였을까요? 말은 인간의 승리일 뿐이고, 아주 나쁜 승리라고들 하지요 먹을 거라도 줄까? 방문자 앞에 서 봤자 무슨 소용이겠습니까? 말도 늦은 결심도 사치일 뿐, 신적인 것은 그저 방문할 뿐 초대할 수 없지요 우리는 모두 태양 아래 벌어진 황금의 과일, 그러나 아무리 좋은 걸 가졌어도 지금은 빗줄기가 속을 파먹도록 놔둡시다 다 끝났으니까요

바다의 맥주

별들의 거품

자기가 술잔인줄도 모르는 지구가 취해

빙글 돌며 쫙 쏟는다

그리고 액자 두 개를 가진 마법사가 있다 그녀는 배가 아니라 지구가 잘못했다고 믿는다 도대체 누가 이 동그란

애한테 술을 뒀니? 법에 대해 골똘히 생각해 본 후 슬롯에 동전을 넣어 돌아가게 했으나 이 말 안 듣는 기계가 자신을 망친 것을 참을 수 없다 아 몰라! 온 세상은 배와 함께 젖고 또 젖는다 그러나 자신의 마른땅에 운동화를 가지런히 준비해 두고 있는 마법사가 있다 신발을 신을 사람은 좋아하지 않는 마법사는 레고로 놀이공원을 만들어서 두 개의 액자가 지키는 장식장에 넣어 두었다 요금은 비쌀 것이다 마법사는 벼르고 있다 어린이들이 그걸 꺼내다 장식장을 깨트릴 날을! 그녀는 또 한줄기 눈물을 흘린다 그리고 때려 줄 것이다

출렁 출렁
신적인 것은 그저 방문할 뿐 초대할 수 없지요
그러니 지구가 토악질할 때마다 우리의 이불도 젖도록
미리 문을 열어 두어야 해요

화성(火星)

.
.

안경이 얼마나 오래되었는지 살펴보라
그러면 돼지머리가 꽤 생각이 많아졌다는 걸 알 수 있다
오래 같이 누운 애인의 침상을
공중에 떠서 바라보라
더러운 이불 속엔 발이 있을까?
암흑 속엔 스팸의 장엄한 침묵이 있다

정신의 힘
애개개, 그슬리면 돼지머리는 다 수학자의 정신처럼 활
활 빛나지 뭐

하늘!
신은 화성을 사랑하사 스팸의 고요함을 표현하신다
(그러나 오오 신은 나를 편애하셔 내게만 '인생'을 주셨네
그래서 난 사람이야
손만 대면 다 망가졌네)

지구!
몰래 매장된 뼈들이 씹힐 수도 있는 컵케이크 나머지도

비위생적인 제조법

　푸른 별은 변기처럼 용솟음치며 오물을 대륙의 서쪽에서 동쪽으로 옮긴다

　되도록 멀리서 관찰하세요 냄새 맡지는 마세요

　(그리고 스팸은 끓기 시작할 때 살아난다는 걸 알았습니다 마그마 위의 농장들처럼 활활 돼지머리에 대해선 여전히 알아내야 할 게 많습니다 이 농장에선 머리 고기가 생각을 하면 그냥 먹어야 하나요 생각이 끝나길 기다려 주어야 하나요? 화성은 송암천문대의 망원경으로 보면 숯불구이 화로 그 앞에서 신은 머리가 어두워진 채 처묵처묵하고 있습니다 미치겠네 저 손님 왜 받았니? 잠든 머리가 하중을 못 이겨 꾸벅할 때 밥상이 지저분해지고 화성에도 달이 뜹니다 기러기 기러기)

피에타

블록과 인형이 들어 있는 주머니를 흔들면
창조의 얼떨결에
여관이 생기고 처녀가 들어오며,
드디어 처녀는
머나먼 군대의 아들에게서 편지를 받기 시작한다
팝콘을 먹으면서 구경한 그 외의 다섯 날이 겨우 끝날 때
그러니 그만큼 중요하다 돼지머리 풍선 하나가
엄마 엄마 웃으며 하늘을 떠다니기 시작하는 것은 어느
처녀에게나

부대가 이동한 떡처럼 두꺼운 구름 아래 가나안이 있다
가나안의 시계는 나무 한 그루
아들은 시침과 분침 아래서 조용히 흔들리며
아직도 휴가를 생각하지
조용히 좌우로 흔들리며
매 맞은 시계는 무엇을 연기해야 하는지 알지

그러나 신의 정신은 어묵의 고요함을 견지하고 있다
어떻게 나한테 이럴 수 있습니까!

어묵의 미덕은 피에타처럼 미동도 하지 않는 것

종교란 인간 정신의 보편적 오류를 겨냥한 명궁

갑(甲)이신 하나님! 어묵으로 물고기를 만드신 하나님!

돼지머리 풍선들은 시루떡처럼 두꺼운 당신의 층들을 하나하나 올라가며

마지막엔 접수창구에서 아가씨의 음성이 들려올 것을 믿습니다

그러면 어묵처럼 먹기 좋은 물고기들이

지상의 모래로 떨어지겠지요

다시 한번

우리는 물고기를 주울 수 있습니까?

아닙니까? 아들의 휴가를 끝내려고

어머니는 돼지 풍선을 꼭 끌어안고 있습니다

기내식

비행기의 잔해 속에는 역시 산산이 부서지고 역시 어처구니없는 영혼의 파편들, 부서진 추억들, 벗어던진 자아들, 버려진 모국어들, 침해당한 사생활들, 도저히 번역할 수 없는 농담들, 소멸된 미래들, 잃어버린 사랑들, '토지', '소유물', '집' 따위 거창하기 하지만 공허한 낱말들의 잊혀진 의미늘 등등이 뒤섞여 있었다.

— 살만 루시디

한번은 친구 녀석이 물었다고 합니다

기내식은 한 끼에 몇 번 먹을 수 있죠?

두 번입니다

빵은?

있으면 계속 드리죠

그러므로 공해상엔 룰이 없으며

의무로부터 자유 해적이나 민항기나,

에리히 프롬 같은 문사나

이런 멋진 표현을 쓸 거 같아요 듀티 프리

마구 먹자 담배와 볼펜을 사자 근데 어디서 오는 길이신가?

아 거긴 작년 여름에 가 본 적이 있다네 바에서 싸움이 나서

일행이 당구공을 이마에 맞았지

움푹해진 골상 때문에 의사들도 몰래 배를 잡았다네

그 도시의 한인들은 부도 때문에 수배 중이거나

해가 지는 파라솔 밑에서 바싹 건조해진 가루에 불을

붙이고,

　우우 취직이 안 되면 해외여행을 떠나야 하는가?

　항공사의 주방장은 우울합니다

　기내식은 바둑판에서 노상 오목만 두는 일이다

　피시 올 미트 초콜릿 케이크 깡통 과일

　이런 조건에서 무슨 실력 발휘인가!

　그러나 기내식은 생존보다는 쾌락입니다 몇 번이나 먹을 수 있죠?

　결혼식에 지친 신혼부부가 탯줄이 감긴 태아들처럼

　목을 꺾고 잠든 동안

　바다는 변기에 고인 물처럼 맑고 고요해

　인도네시아의 섬과 섬 사이에 담장처럼 치명적인 안개가 세워진 줄도 모르고

　식후엔 너무 졸려 다행이군요

　한 소녀만이 몰래 창문을 올리고 그 순간을 봤습니다

　창만큼 뛰어오르는 열대의 돌고래들

　천국의 물고기들은 기내식을 탐내지요

버터와 캔디와 농협 김치와
예정에 없던 활주로 밖으로 잎사귀들이 일렁거리듯
물고기 떼가 방향을 바꿉니다

(어둠 속에서
히말라야 산맥 꼭대기의 분홍빛 소금을 생각했다
이백만 년 전 바다가 사라지면서
바다 속에 숨겨진 소금 산이 히말라야에 남았다
눈길인 줄 알고 소금을 밟고 올라간 코끼리들은
순식간에 말라붙어 버렸다
위성에서 촬영하면 얼마나 멋진지 알아요?
큰 귀가 비행기 꼬리처럼 산정에 마구 흩어져 있으며……)

시계 밥

모이 먹는 시계는
안에 양계장을 차리고 있다
용두(龍頭)를 놀려 모이를 부수자,
공장의 회전 톱은
야채를 자르고
갈은 벌레를 공급한다

꼬끼오가 시계의 상징이 된 건
이 양계 사업 덕분이다

시계의 살해가 있었는가?
분명 톱니 틈에 낀 인골의 소리였다

사료분쇄기에 사람을 밀어 넣다니!
팔목을 꼭 붙들고 있는 비밀의 도살장
양계업은 위장이다
연필처럼 깎인 무수한 두개골이
기차를 놓친 표정으로 벙쪄 있다

외국 음식으로서 양파

정거장 앞 중국집에
양파 조각들이 그리스 신전의 대리석으로 쌓여
파멸을 애통해한다
양파는 이상(李箱)에게 '비밀'이 뭔지 깨닫게 해 준
고마운 농작물이다
전공자들은 다 아는 얘기지만
이상을 읽어 내려가던 화교가 느낀 바 있어
요리하지 않은 춘장의 솔직함과 더불어
반찬으로 양파를 내놓기 시작했다
삼십 년대 신문의 기록이란 공부할 맛이 나지 않는가
그것은 외국 음식이다
외국인이란 신전을 잃은 자다
단결력을 이야기하려는 건 아니다
폐허 위에 조용히 노포(老鋪)가 불을 밝히고
어두운 이들이 소중히 집어 들면
손 안에선 양파처럼 환한 사기잔
이 땅은 정거장이다
어디로 떠날 수도 없다는 걸 알아챌 때
이 땅에서 태어난 이들도 외국인이다

결국 정거장에서 지랄하던 이는

더러운 바닥에 엎어진 양파 접시처럼

잠을 못 이기고 드러눕는다

뾰족한 탑 위에 걸린 나풀대는 잠이여

한때 하나하나 신전이던 양파의 이불이여

그러나 이내 한 자락 잠마저 차가운 바닥에 말라붙는다

나쁜 성직자가 신전을 지키듯

이 땅엔 나쁜 진리가 살아 있다

덤블링

그릇은 덤블링의 순간
아무런 양보도 하지 않는다

니가 어쩔 건데? 꼭 이런 식이다
정석대로 안하면
끝장인데

다 이유가 있다
이걸 과시하는 자들이 있다
좁게는 주부 넓게는 지구를 노리는 운석
아 이런 억지가 즐겁지 않은 분에겐 미안!

한마디로도 그릇은 쫙 갈라지지만
한마디 뒤에도 사람은 살리자
결국 가출의 문제라고?
물론 애인이 생겼으면 집은 나와야 한다
한강변에 앉아 핸드폰만 쳐다보는 등산객들
그래도 덤블링은 건강에 좋다고들 말한다

오십이 넘으면 정치인들에게도

탈당이 기회라는 작시가 생긴다

중국기예단을 보라! 휘리릭

결국 산악회의 필사적인 건강은 멋쩍은 해체다

몰랐는데 자세히 살펴보니

그릇의 이빨이 많이 상했네

그래도 제정신인 척

막걸리 잔 앞에

앉아 있으면 된다

피시볼

북미의 모든 치이니스 마켓에서
물고기들은
어떻게 차력사의 과업을 이루는가?
눈을 피부 밑으로

우우
삼림한계선을 지나친 나무들도 그렇게 하며
비탈의 지붕들도 마찬가지다
안으로 꽁꽁 뭉쳐져
우주는 주머니 속에 들어갈 만한 지구

우우
이 크기만이 진지하게
겁을 줄 수 있다
그렇다면

피시볼은
처세술인가?

공중 부양이 시작되기 직전까지
대화와 빛이 뭉시되고,
툰드라로 올라가 구근이 된 한 활엽수가
언젠가 알몸으로 같이 누웠던 여자라고
이젠 믿어야 하는가?

빼앗기는 것을 다 빼앗길 때까지 안색을 바꾸지 않는 것
동공에 성냥불이 그어져도 실눈을 떠선 안 되고
탄다 탄다 탄다

완벽한 파손만을 원한다

피시볼
냉장고를 열면
간밤에 혹한이 지나갔다고
얼음으로 반짝거리며
삶을 꼭 틀어막은 채

남십자성

북반구에서 미지믹으로 본 자들은 아테네인들이었다
어느 해 아크로폴리스에 앉은 천문학자들이
깜짝 놀라 양피지를 떨어트렸을 때
별들은 축이 기운 수평선 뒤로 사라졌다

두 천년이 지나고
별들에 대한 기억도 사라졌을 때
별들은 다시 배들 위에 나타나 악마의 눈을 끔벅거렸다

원주민들의 가죽을 벗기러 남쪽 바다에 가기 위해선
반드시 밤이 되어야 한다
유럽의 십자가는 남쪽 대륙에 매달린 연, 여기야 여기!

한 마리 두 마리 세 마리
점심시간을 좀 더 일찍 끝내고 다시
한 마리 두 마리 세 마리

아이들도 언어도 기억조차도 사라졌다

시간이 지나길 기다리고
모든 것은 강제로 화해해야 한다
정치가가 기념일을 만들어 줄 수도 있다
그렇게 모두는 영혼까지 죽는다

혈압의 강도

하늘에 있는 휘이진 쇠 때문에
자꾸 머리카락이 빨려 올라간다
머리에는 엄청난 철분이 있고
고개 숙여지는 까닭도 그렇다
하늘의 자석은 어떤 정부(政府)도 철거하지 못하는가?
이런 일도 생긴다
여배우는 샴푸 회사를 고소했던 것이다
머리는 아래로 찰랑찰랑
쳐져야 예쁘지 않은가 말이다
그러나 두피에 앉은 씨들이 우주에서 온 것처럼
머리카락은 자라나자마자 목이 마르고
하늘의 자석을 향해,
막 일어난 아침에
겨우 사물을 분간하며 칫솔을 찾는 동안
구름도 넘치게 끓여 대는
하늘의 자석을 향해
이미 교신을 시작한
부지런한 머리카락
아침 운동 같은 걸 하라고 막 권하는 이들도 있던데?

겁도 없이 큰일 나지

컵 속에서

단번에 고향 별에 손을 뻗듯

물이 떨린다

억 하고 종말이 올 것이다

돼지를 잡을 때와 똑같다

변기와 세면대

이 하얀 구조물은 이미 로마풍의 무덤 아닌가

집중력

1

한때는 눈빛으로 사과를 굴러가게 한 적도 있고
사과 깎는 칼을 부러뜨린 적도 있다

안구의 본질은 근육인가 광선인가
손대지도 않고 두 동강이 낸 거야!

그런 아집에 사로잡히면 늘 상위 클래스에 끼지 못하곤
견딜 수 없지

2

어느 날 땡과 그 기준에 대해 생각하면서 모든 게 엉망
이 되었습니다
전국노래자랑에서 떨어져 무척 상처가 깊었나 봐요

3

장마철이 시작되면
한강 다리에 부딪치며
뱅뱅 도는 검은 구멍을 볼 수 있다

걸레가 있다
동그랗게 물 위에 말린 걸레는
자기 품속에서 빛나던 안구의 추억을 놓아 버린다

비가, 비가, 비가, 비가
검은 구멍을 통해
꿀꺽꿀꺽 내려갔다
죽은 차력사가 나뭇잎처럼
뱅뱅 돌았다

저녁

지구의 삶을 자연사(自然死)로 맺으려면
저녁만 견디면 된다
후회가 쌓인다는 소린가?
저녁은 가족끼리 정확히 나누어 없애야 하는
오래된 배달 음식 같은 것

마음 가득 뭔가 지독한 것

잎사귀들이 잠자리를 준비할 때
아주 이기적이지
조상들이 숨을 돌려받으러 오면 달아나는 환자처럼
꼭 입과 눈을 닫고
피부를 침낭으로

그리고 어두워진 마당에서 뭐를 발견한다
어느새 조상 가운데 미친년이 들어온 것이다
미친년을 대문 밖으로 밀어내야 하는데
옷 색깔이 구분 안 되는
미친년을 내보낼 수 있다면

그러나 그럴 수 없다면!
아 지녀은 무서운 봉분

소주병을 들어 달을 억지로 집어넣어 보면
태엽 인형처럼 헤엄을 잘 친다
닫힌 동공일수록
더 가까이 와서
축사(畜舍)도 오르골이라는 듯
톱니로 들려주는
이웃집 여자의 욕지거리

한밤중

거실 바닥에 뭉쳐 놓은 사람은
중력 때문에
오도 가도 못하고 접시에
꼭 붙어 있는 만두

그 안엔, 부추와 두부와 비계가
너무도 간을 잘 맞춘 육즙 속에 잠겨 있듯
그의 꿈이 떠 있을 것이고

꿈의 반대편처럼
만두 옆 맥주 캔
퇴근이란 이런 것이다

오로지 온도만이
실내와 만두와 맥주 사이에
가장 평화로운
가상의 수평선이 그려질 수 있는지 시험하며
골똘히 한밤중
자체를 연구한다

마침내 도착한 낙원의 별처럼
죽은 우주인들의 창문에서
혼자 무한히 반짝거리는 텔레비
한밤중

여행지에서의 죽음

마흔에 폐인이 되었으니
그리 이른 것도 늦은 것도 아니에요
밤나무의 키처럼
딱 하느님의 순리죠

뭘 준비하지는 못했습니다
서류가 많아 헷갈려 죽겠어요

돌아가지 못합니다
기운이 없거든요
가던 길가에 눕습니다
기운이 없거든요

참 변명 좋죠
'기운이 없거든요'
그러나 사실입니다
그리 늦은 것도 이른 것도 아니에요

먼지와 책, 가습기

서로 다투는 것들 때문에
이 무엇두 못했어요
하느님의 말 상대가 다 사라지도록
정자은행에 맡긴 정자나 찾아다
깨트려 버려야지

별사(別辭)

이시를 가년 집 주변을 뒤져
뱀술을 담급니다
남겨진 한 마리가
꼭 있으니까요

막 죽은 이의 체온같이
여긴 황혼이 따스하군요
똑같은 황혼의 뒤통수엔
리장의 풀장을 어둡게 만들며
히말라야산맥이 서 있겠죠

월요일엔
방문객을 싫어하는 어느 나라에서
검역 카펫을 발톱 큰 짐승처럼 걷고 있을 당신

인천의 모래바람 속에 공항이
서해 바다까지 갑충의 텅 빈 뱃속 같은
소리를 냅니다

우리

"아임 유어 파더"
휴 이 가면은 무지 덥네
광선 검 남는 건 빨강으로 하나 가져가도 되지?

그러나 분장실이 쾅 열리고
정말 아이들이 서 있다
영화는 그만 찍자
누구나 떠나기 위한 가족을 급조하자

내가 쟤들 애비오
내가 쟤들 애비오

날씨가 이러니
금방 같이 감기에 걸릴 수 있소만
빗방울들처럼 함께 발자국 찍는 일이
이렇게 즐거우니
우린 우리요

스피노자

인물을 내세우는 것은
지킬 수 없는 시간표 같은 것

그러나 한 사람이 있다

그는 에티카에 이렇게 썼다
사랑하는 여인이 다른 자에게 몸을 맡기는 것을 상상하
는 자는
사랑하는 이의 이미지를
다른 사람의 음부 및 분비물과 결합시키기 때문에
그 여인을 혐오한다
탈무드풍으로 정의한 이 질투를 후에,
또 다른 유대인 프루스트가 스완을 통해 반복했다
어쨌든 이런 식으로

아니면 다르게,
그는 해결할 수 없는 감정의 난폭함에 대해 모르는 자가
아니다
고독할 기회 없이 식탁에 앉았으며

공동 화장실 앞에서 기다려야 했다
편지들도 있었으나
옷깃 속에 꿰매 둘 단 한 분상의
따뜻함도 가져 보지 못했다
그러니까,
고생스럽게 시끄러웠다

모두가 증오했던 책의 저자
탐낼 것 없는 이 지위는
어이없이 덧없는 노력을 요구한다

목적 없이 살아야 한다 헤헤헤

어떻게 인간은 이렇게 예외적일 수 있는가?
건전한 인간들의 저주와
네덜란드의 바쁜 사업가들을 피해서
망각과 조급함의 소명을 배반하지 않는 두뇌들을 통과
하며
전단지와 흥행사들 틈에 끼어

어떻게,
까다로운 책들이 살아남길 바라는가?
태양과 별들 사이에 끼어든 가당찮은 렌즈가
무슨 역사를 교정하겠는가?

경탄할 만큼 전신이 휘어진 관상목처럼
인간들은 지구에 수북한데
차력사처럼
사랑받는 일도 소유도 없는 한 삶을
자기 어깨 위에다, 무엇 때문에?
그러곤 하숙생은 일찍 사라졌다

글을 쓴다는 것
오지 않는 것을 기다리는 것이라 생각했다
그러나 그것은
어떤 기대 없이,
하도록 돼 있는 일을 하는 것이다

시

시에 대한 해석이라는 것은 널리 이루어지고 있지만, 그 자체의 의의와 별도로 그것이 시와 어떤 관련을 갖는지는 흥미로운 생각 거리다. 해석은 고대로부터 큰 힘을 발휘해 왔다. 플라톤의 『법률』에서 보듯 말의 참과 거짓을 따지는 문제와, 말(가령 신탁 같은 것)의 진정한 의미를 전달하는 문제는 전혀 다르다. 후자의 고유성은 이후 해석이란 이름으로 일컬어진다. 오늘날 대표적인 해석은 스포츠 중계인데, 가령 야구 선수들이 어떻게 행동했어야 하는지 야구 신이 내린 진정한 신탁을 해석자가 알아맞힌다.

시는 이럴 수 없다. 왜냐하면 시의 언어는 해석이 드러내야 하는 의미를 봉인하는 수단이 아니라, 내면을 감추고 있지 않은 그 자체로 유일무이한 사물, 즉자적인 사물이기

111

때문이다. 그러므로 많은 사람들이 시를 진정한 텍스트를 안에 감추고 있는 예쁘게 장식한 선물 상자처럼 다루는 것은 난센스다. 이때 시는 사라져 버린다.

시의 언어는 기능하는 것이지 의미하는 것이 아니다. 그것은 마치 한 야구인의 기적과도 같은 플레이가 해석해 내야 할 아무런 의미도 없는 채로, 모든 사람을 뒤흔들어 놓는 것과도 같다. 시의 말은 혈관에 들어간 약이나 알코올처럼, 또는 영문 없이 우리를 떨게 하거나 침울하게 하는 동물들의 소리처럼 작용하며 의미하지 않는다. 그러니 해석자가 반성이라는 방어막을 시에 대해 만들고 의미라는 추상의 건축물을 다시 지어 시 옆에 세울 때 그것은 그 자체로 또 다른 창조의 이야기일 뿐이다.

우리가 세상으로부터 밀어닥치는 힘을 확정적인 의미 속에 집어넣지 못하고, 그 힘이 의미의 그릇이 산산이 깨어진 시어의 파편 속에서 표현되는 일은 오늘날 우리 삶을 특징짓는다. 개념과 명제는 물론이며 감정의 표현 방식에 있어서도, 우리에게 밀어닥치는 것은 우리를 초과해 있다. 그 까닭이 여러 방면으로 넓어진 세계의 범위 때문이라고 말하는 것은 충분치 못하다. 오히려 우리의 지식과 삶의 지향점과 세계의 질서를 조심히 담아 보호하던 그릇이 깨어져 버렸기 때문일 것이다. 인종의 신하가 문을 열어 버린 장도릉의 복마지전처럼 시 역시 고삐 풀린 말이 되었다. 봉인이 풀려 버린 마귀가 선한 인간의 눈앞에서 달아나 버린 것과도 같이, 시는 공통적 지성을 지닌 사람들 앞에서 사라져 버린 것이다. 그러니 시가 보이지 않는 것은 나쁜 일이 아니다. 그것은 양산박과도 같은 예측할 수 없는 장소, 현행적인 법이 와해된 장소, 그러므로 비장소에서 나타난다.

2

시의 창조는 창조답지 않게 걸림돌과 마주치는 방식으로만 이루어진다. 시는 언어이지 않고는 존재하지 못한다. 언어는 시에게 주어진 환경이며, 시가 생존할 수 있는 유일한 길인데도, 시는 언어를 거추장스러워하고 언어를 넘어서려고 한다. 따라서 시는 곧잘 언어로부터 소외된다. 이를 물화(物化)라 불러도 좋을 것이다. 시는 언어를 장악하지 못하고, 외부에 객관적으로 있는 법처럼 언어를 본의 아니게 인정하며 따라서 그로부터 소외된다. 그러므로 언어가 명확하게 눈에 띌 때(그 방식은 수없이 많다. 메시지를 담는 형태든, 이미 자리 잡은 가치를 내세우는 형태든, 올바르다고 여겨지는 문법적 구조를 견지하는 형태든) 그 언어는 시의 죽음을 양분 삼아 자라나는 조문(弔文)일 것이다.

진정한 시의 출발이란 언어라는 법 뒤에 숨은 어떤 신학적 의지를 시가 만족시켜 줄 수 있는지 더 이상 관심을 가지지 않는 일과 함께 이루어진다. 시에게 과제란, 또는 하늘을 덮는 화살처럼 시가 끊임없이 인간에게서 흘러나오게 하는 추동력이란 이 물화의 언어로부터 풀려나는 것,

이 언어로부터 소외된 시의 힘이 자기 자신과 일치하는 언어, 즉 '표현과 표현되는 것이 일치하는 언어'가 되는 일이다. 그것은 시가 자연이 되는 것이고, 그런 시 지음이란 문명이라는 스트레스로부터 벗어나는 일이다. 물론 저 자연은 자연학지의 자연이지 목가적인 자연이 아니며, 문명이라는 스트레스로부터 벗어나는 일은 문화 안에서 이루어지는 일은 아니다. 고독이 타인과 더불어 있음의 한 방식인 것과 마찬가지로, 목가적인 자연은 문화가 취하는 한 형태에 불과하다. 자연 속의 우리의 실존과 시가 동일한 질서로 연결되어 있다면, 시는 중력이나 척력 같은 법칙과 마찬가지로 그 자체로 필연적인 법이 된다. 저 시라는 법은 우리 실존이 들어 있는 환경과 똑같은 의미에서 우리 자신과 전혀 간격이 없으므로 소외시키는 법처럼 강제적일 수 없고, 우리는 그에 대해 반성하기보다는 자유 속에서 그 법을 실천할 뿐이다. 즉 그 법은 우리의 자유와 일치하는 법이다.

이런 시 지음이 가능할 것인가? 가령 운율의 영역에서 사람들은 이런 가능성을 시험해 보려고도 했다. 이 시험은 시의 운율이 자연의 법과 상관적이라는 믿음에서 수행되었지만, 부호 없이 지탱하지 못할 뿐 아니라 오히려 부호를 즐기는 현대시는, 운율은 죽은 부호라는 임의적 고안물이 수혈해 줄 때만 겨우 그 외관 정도 지탱하고 서 있을 수 있는 고령의 환자라고 말하는 것 같다.

어원 탐구가 늘 비밀의 끝에 이르게 해 주지는 않으며, 말은 어원을 견지하며 정렬되기보다는, 역사의 무질서 속에 배어드는 것을 보다 좋아한다. 그런 한계에도 불구하고 유효한 어원을 빌리는 방식으로 일반적인 차원에서나마 쉽게 답에 다가가 볼 수도 있을 것이다. 시라는 말의 어머니인 제작함이라는 뜻의 포이에시스(ποίησις)는 테크네(τέχνη)와 바꾸어 써도 좋은 말이며, 최상의 테크네는 모든 것을 출현시키는 퓌시스(φύσις), 스스로 생산하는 자연이므로 우리는 저와 같은 시 지음, 자연이 되는 시 지음의 가능성을 생각할 수 있다. 시는 근대의 공업처럼 자연을 거슬러 주체의 의도를 관철시키는 기술(技術, 테크네)이 아니라, 자연이 지닌 기술이다.

그리고 시가 궁극적으로 퓌시스의 과업이라면, 그것은 자연학적인 연구 대상이지, 형이상학화한 심리학이 인간의 내면에 임의적으로 설정한 층들의 위상학, 한번 들어서면 빠져나올 길이 없는 위상학의 대상은 아니다. 흔히 내면성의 탐구라고도 부르는 심리적 위상학이 만들어 낸 재미있는 작품들이 많은데, 가령 죄의식이라는 신학적 심성이 그 대표적인 예가 될 것이다. 그러나 위계상 심리적 위상학은 자연학에 귀속되므로, 자연학적 좌표 없는 시심(詩心)이란 예언자적 감수성, 즉 미신 같은 것이 되어 버린다. 이때 시는 어떤 이야기들이 겪는 운명과 똑같이 진지하게 취급되지 않을 것이고, 법칙이 아니라 법칙의 가상처럼 취급

될 것이다. 진지한 정신이 휴식할 때 여가의 공백을 메우기 위해 한번쯤 맛볼 수도 있는, 또는 약한 정신이 재미 못 본 노름꾼을 위한 보상 같은 말도 안 되는 법을 자연의 법 밖에서 바랄 때 절실히 맛보고 싶어하는 그런 생경한 상상물로 취급될 것이다. 반면 시가 자연학에 귀속될 때 죄와 같은 신학적으로 궁극의 자리를 차지하는 심리적 요소는 가상적 법칙을 꾸미길 그만두고서 자연적 질서의 굴절된 결과물로서 포용된다. 죄를 예로 들었으나, 세속화한 세상에서 가상적 법칙을 주관하기 위해 궁극의 자리를 고집하는 요소를 예화하기 위해서는 특별한 지위를 획득한 사랑이나 자리를 비켜 주지 않는 슬픔, 그리고 이런 낡아 보이는 심성들(그래도 곧잘 되돌아오는)이 지루해졌을 때 고안할 수 있는, 낯섦 자체를 가치로 삼는 정서 일반을 제시하는 것이 오히려 적절할지 모르겠다.

3

만일 물화된 언어가 보편적인 또는 객관적인 세계의 질서라면, 원심력을 통해서 이 질서를 벗어나는 시는 이질성에 대한 체험이다. 반면 학교 교육 같은 것을 통해 보편적인 명제에 도달하는 일은, 자신에게 없던 것을 힘겹게 배우는 과정 같지만, 사실 타자에게도 있고 나에게도 있는 공통적인 지성을 확인하는 일이다. 또는 자신에게서 확인되는 지성의 진리가 타인에게서 왔다고 상상하는 일이다.

외관적으로 그리고 정치적으로 '동의'의 형태를 지니는 이 경우가 가장 무섭다. 어느 것이건 이질적인 것에게 자리를 내어 주지는 않는다.

시가 가진 필연적인 소통 불능의 계기들, 무의미, 다의성 등등은 시가 객관적인 의미의 망과 그 망에 의존하는 동일성과는 다른 층위에서, 이질적인 것들(상호 간 공약(公約)불가능한 것들)과 더불어 움직인다는 것을 알게 해 주는 외적 징표들이다. 이 다른 층위란 객관적 의미 상관적인 언어 외부가 아니라, 그 언어 안에 수시로 생기고 사라지는, '내부적 외부' 또는 일종의 언어의 에러 같은 것이다. 시는 외계인의 언어라기보다도, 잠시 말을 못 알아듣게 된 무인 자동차와도 같이 언어 중간에 만들어지는 불상사다.

따라서 시는 공약 불가능한 것들이 가시화될 수 있는 하나의 장소이다. 시민의 공식적인 신분증과 인지 가능한 정체성을 가지지 않는 타자는 시 속에서 출현할 수 있다. 시를 시민의 것으로 여긴다면, 시민이 되기 위한 요건 자체가 시 지음으로 진입하기 위한 절망적으로 높은 문턱이 되어 버릴 것이다. 이때 시는 시민의 배타성을 가지고 시민 아닌 자들에 대해 눈감을 수도 있다. 시민은 시민으로서 권리를 가지지만, 시 지음은 권리 없는 자들을 소외시키지 않는다. 원리상 긍정될 수 있는 개념을 굳이 찾자면, 인격이라는 조건조차 넘어서는 한에서 다시 구성된, 세계시민 개념이 아닐까? 아니면 '모든 조건을 무한히 초과하는 소수적인 것'이 시의 주체의 이름으로 더 적절할지 모르겠다. 시민의 명찰 아래 서서 보호받지 못하는 이방인, 시민 사회에 내재적이지만 그 안에서 추방되어 있는 모든 형태의 이질적인 것은 시 속에서 출현하며, 심지어 자신의 '이질적인 언어'로 언어적 동질성을 유지하고 있는 시를 변신시킬 수도 있다. 그러므로 어떤 측면에서 정치가 정체성을 전제로 하는 자들의 단합과 그 단합에 기반을 두는 절차라면, 시는 이 정치를 파괴할 수 있다. 프로파간다여서가 아니라, 이런 까닭으로 시는 정치적이다. 덧붙이면, 여기서 이질적 언어란 어학적 개념으로 분류된 외국어를 뜻하는 것은 아니다. 이때 외국어는 외교적 교섭의 대상 같은 또 다른 권력일 뿐이다. 오히려 동질적인 언어 안의 이질적인 쓰임이 저 이질적 언어에 속하며, 외국어 역시 이런 자격으로는 시에 참여할 수 있을 것이다. 물론 여기서 이질적인 쓰임은 사적 몽상의 결과가 아니라 집단적인 것이다.

그런데 시가 초래하는 저 파괴가 문화 안의 놀이터에서 일어나는 일에 불과한 것인지, 그야말로 허물어뜨리는 힘을 지니는 것인지 식별하는 일은 매우 어려운데, 저 파괴보다 상위의 심급에서 시가 '가치'를 생산할 때만 원리적으로 그런 식별은 가능하다. 시에 와서 부딪히고 시가 생산하는 자연적인 힘들은 그 자체로 좋은 것도 나쁜 것도 아니지만, 시는 시를 읽는 이에게 가치를 표현한다. 즉 그 힘들을 두고 좋은 것이라고도, 나쁜 것이라고도 표현한다. 시가 저

판정을 생산하게끔 하는 심급은 무엇일까?

  그것은 이데아와도 같은 가치의 절대적인 담지자가 아니다. 절대적인 가치의 담지자는 불가능하다. 그렇다면 절대적인 법정도 불가능하다. 가령 우리가 용기란 무엇인가, 경건이란 무엇인가라고 가치에 대해 물을 때, 우리는 세계 내재적인 동시에 국지화된 특정 언어(그리고 이 언어는 화용론만이 다룰 수 있는 국시식인 용법의 누저에 의해 지금과 같은 형태를 이루었다.)로서만 답할 수 있다. 이 답은 국지적인 언어 형태 및 용법에 의거하지만, 절대적인 이데아를 가리키는 징표는 어디에도 가지지 않는다. 현세적이고 국지적인 언어를 통해 수행되는, 가치의 본질 찾기란 하나의 국지적인 언어가 다른 국지적인 언어를 통해 풀이되는 일에 불과하고 이 풀이의 연쇄는 끝이 없다. 시가 종속되는 가치의 심급은, 시가 발화되는 질적으로 국지화된(그러나 양에 있어서는 중심적일 수도 있는) 사회적 위치밖에 없는 것이다.

  이는 시가 왜 쓰이기 시작할 수 있는지에 대한 설명 역시 된다. 시가 절대적 가치의 하위 심급이라면 시는 쓰일 수 없을 것이다. 시는 경험적인 감성 활동의 영역을 자신이 가능하기 위한 중요한 조건으로 삼는다. 이성이 보편적일 수 있다는 것은 가능하지만, 감성 실천이 이루어지는 경험은 늘 국지적이다. 시는 이 실천 속에서만 탄생한다. 따라서 시는 태생적으로 국지적이며, 이것이 뜻하는 것은 시는 오로지 자신의 국지적 위치에서만 가치라는 심급을 가질 수 있다는 것이다. 결국 시는 모든 사람의 것이 될 수도 없고 그럴 필요도 없다. 고전과 세계 명작이라는 허구성의 혐의를 지닌 이념만이, 그럴 수 있다는 믿음을 가지라고 지속적으로 권유한다. 왜냐하면 보편성의 중심으로서 인간이라는 것을 발명해 낸 근대란, 인간의 행위를 보존하고 연구할 만한 것으로 여기기 시작한 시대이고, 그를 위해 유형무형의 박물관을 지었는데, 고전과 세계 명작 역시 그런 박물관의 일종이기 때문이다. 박물관이라는 것이 정치적으로 중립적이었다기보다는, 단 한 번의 예외도 없이, 근대국가들 상호 간의 경쟁심을 추동력 삼아 성장했다는 것을 생각해 보면, 고전과 세계 문학의 외적 보편성 아래 감추어져 있는 시의 국지성 역시 잘 이해할 수 있다.

시가 이질적인 것과의 조우라는 점은 왜 시가 감성의 문제인지 역시 알게 해 준다. 이성은 인생 전체나 인류의 전역사를 사유할 때 잘 알 수 있는 것처럼, 주어진 것들을 전체성 속에서 규정하는 능력이다. 규정이란 규정되는 대상의 동일성을 확보하는 것 외에 다른 것이 아니다. 따라서 이성의 힘 안에 이성이 모르는 이질적인 것이 침투해 있을 수는 없다. 감성은 수동적인 영역이다. 자연적 사물 전체의 차원에선 이 수동성은 유한성이라는 보다 적합한 이름으로 불린다. 그래서, 감성을 지닌 자연 안의 존재자의 자유에 대해 묻는다면 그것은 유한한 자유이다. 저 유한성에 뿌리를 둔 우리 감성의 수동성은 가령 감성에 끼치는 너무

밝은 빛이나 큰 소리를 감성 자체가 스스로 제어하지 못하고 눈을 가리거나 귀를 막는 또 다른 행위의 도움을 받아서만 할 수 있다는 사실에서 잘 알 수 있다. 이런 수동성은 감성을 상처를 받는 장소로 만든다. 상처받음의 이야기이자 노래인 수난곡(Passion)의 어원은 수동성(passivity)이 수난의 근본임을 알려 준다. 수동성과 수난 속에서만 감성과 마주치는 것, 자체의 이질성은, 감성의 질서로 동화되지 않는다. 이런 까닭에 감성적 영역의 시는 이질적인 것이 도래하는 장소이다.

4

시 짓기는 이상하고 덧없는 게임이다. 책받침만 한 비좁은 구장에서 말(言)들을 바둑돌들처럼 취급한다. 말들은 장물아비를 거쳐 물건 주인의 흔적을 말끔히 지운 듯 애초에 가지고 있던 정체성을 모두 잃어버리고서 익명의 검은 돌, 흰 돌이 되어 전혀 경험하지 못한 전쟁을 수행한다. 새로운 언어의 조합 속에서 불길이 되고 홍수가 되며 또 기나긴 성벽이 된다. 이런 시 지음은 인간들에게서 신분증을 떼어내고 그들을 좀비 군단으로 양성하는 일과도 같다.

그러나 세상엔 정체성을 지닌 말들이 있다. 그리고 명제의 형식을 갖춘 것이건 지식이라는 내용을 갖춘 것이건, 그것이 명제나 지식이기 위해서는 자기의식에 매개되어야 한다. 자기에게 알려져 있지 않은 명제 또는 지식은 없는 까닭이다. 시에는 자기의식에 매개될 명시적인 것이 없다. 가령 리듬은 감성의 수동성의 가장 좋은 예인데, 리듬이란 의식으로부터 산출되는 것이 아니라, 심장 소리나 물소리처럼 비의식적 질서에 원천을 두는 것이며, 이에 대해 의식은 수동적으로 내맡겨진다. 따라서 자기의식이 리듬을 지배할 수는 없다.

시가 자기의식에 매개되지도 않으며, 객관적인 의미망을 짜 나갈 수 있도록 해주는 언어적 질서와도 불화한다면, 시는 보통 우리가 알고 있는 공동체의 조건을 모두 버린 셈이다. 그렇다고 공동체의 조건으로 모국어를 내세울 수는 없다. 시인은 불성실한 운전자가 수시로 신호를 위반하고, 몇몇 표지판의 의미를 배우지도 못한 채 차선까지 넘어서 자신과 사람들을 위태롭게 하듯이 모국어 안을 주행한다. 모국어라는 단 하나의 언어 안에만 머물며 생각, 정서, 리듬, 일상 그리고 공동체를 모두 국어와 일치시킨 채 서사시와 철학을 출현시켰던 민족과는 전혀 판이한 지평 위에 우리는 서 있다.

그렇다면 오늘날 시는 근대인들의 발명품인 내면성이라는 고립된 호두알 안에서 메아리치고 밖으로 나오지 못하는 것일까?(여기서 말하는 것은 오로지 근대적 내면성이다. 내면성은 바로크적 멜랑콜리 같은 특별한 추동력으로서 우리의 또 다른 숙고 대상이 될 수도 있다.) 이럴 경우 앞서 던졌던 정치에 대한 사념 역시 무용한 것에 그치고 말 것이다. 그러나 아주 간단하게 확인할 수 있듯 시는 다수를 향해 쓰이고 또 그만큼의 반향을 얻는다. 전혀 읽히지 않는 시마저도 이 절차를 조건으로 생산된다. 이러한 절차 속의 시는 우리 실존이 고립된 것이 아니라 개방성을 특성으로 하고 있음을 암시하고 있다.

시는 공동체의 것이다. 이는 시가 공통적 의미를 소유한다는 것과는 아무런 상관이 없다. 시가 자기의식에 매개되지 않는다는 것은 의식의 의도와 주도적인 관련을 가지지 않는다는 뜻이다. 시인의 의도는 시라는 우연성의 냄비 안에 들어와서 뒤섞이는 재료 가운데 하나일 뿐이다. 그렇다면 시가 관여하는 것은 어떤 공동체인가? 우리는 사변적 차원에서 유아론의 문제를 제기하기도 하고, 사람들이 정서적으로 외로운지, 사회적 차원에서 소외되어 있는지를 객관적인 차원에서 묻기도 한다. 객관적 의미의 차원에서 던질 수 있는 이런 물음들은 한마디로 '공동체의 결손적 양태'의 표현들, 즉 공동체를 전제한 표현들이며, 따라서 저 물음들이 가능하다는 것은 객관적 의미의 차원 이전에 이미 공동체가 달성되어 있다는 것을 알려 준다. 시가 관여하는 것은 이런 층위의 공동체이다.

시작(詩作)이란, 홀로 훈련하는 운동 선수가 오직 스스로에게 몰두하는 듯하지만 기실 자신의 의식과 상관없이 공동체를 향해 열려 있듯이 그렇게 이루어진다. 수백 개째 혼자 공을 던지는 투수의 훈련에서 오로지 의식되는 것은 자신의 구질이지만, 다른 한편 그의 공을 쳐 낼 자를 의식의 바깥에서 필연적인 근거로 삼으며, 패스를 연습하는 축구 선수는 공의 향방만을 의식하지만 그야말로 자신의 패스를 받을 자를 필연적인 근거로 삼는다. 우리가 공동체를 인식하기 이전에, 우리의 실존은 공동체를 향해 이미 개방되어 있으며, 이 개방성은 타자를 향한 영원한 운동으로 표현될 것이다. 우리는 고독할 새가 없다기보다도 고독을 통해서조차 공동체를 향해 나아간다. 따라서 표면에 나타난 형태가 나이건 너이건 어떤 것이건 간에 시를 주관하는 근본적인 화자는 '우리'이다.

지은이 서동욱
1969년 서울에서 태어났다.
1995년《세계의 문학》으로 등단하였으며
시집 『랭보가 시쓰기를 그만둔 날』, 『우주전쟁 중에 첫사랑』이 있다.

곡면의 힘

1판 1쇄 찍음 2016년 4월 14일
1판 1쇄 펴냄 2016년 4월 21일

지은이 서동욱
발행인 박근섭, 박상준
펴낸곳 (주)민음사

출판등록 1966. 5.19. (제16-490호)
서울특별시 강남구 도산대로1길 62(신사동)
강남출판문화센터 5층 (06027)
대표전화 515-2000 / 팩시밀리 515-2007
www.minumsa.com

ISBN 978-89-374-0843-4 04810
       978-89-374-0802-1 (세트)

민음의 시